STENDHAL

Paul Valéry

Nrf, Paris, 1937

© 2024 Culturea
Texte et illustration de couverture : © domaine public (open access licence CC0 1.0 universel)
Édition et mise en page : Culturea (Hérault, 34)
Retrouvez notre catalogue sur http://culturea.fr/
Contact : infos@culturea.fr
Imprimé en Allemagne par Books on Demand Gmbh
Design typographique et layout : Derek Murphy et Reedsy
ISBN : 9791043101922
Date de parution : Mai 2024
Ce livre :
— a été composé avec une police open source libre de droits dessinée sur Open Fondry
 https://open-foundry.com/
— est édité en libre access sous licence CC0 (Creative Commons Zero) afin de conserver l'oeuvre au plus près des caractéristiques du domaine public.
— offre la possibilité à son lecteur de partager, dupliquer ou distribuer son contenu, sans restriction ni réserve.
— permet de replanter un arbre. SHS Éditions soutient Plantons Pour l'Avenir, fonds de dotation pour le reboisement des forêts françaises
400 projets de reboisement de forêts soutenus depuis 2014 à travers la France
https:/www.plantonspourlavenir.fr/

STENDHAL

À Monsieur Jules Cambon

Ambassadeur de France

Je viens de relire un *Lucien Leuwen* qui n'est pas tout à fait celui que j'ai tant aimé il y a trente ans. J'ai changé et il a changé. Je me hâte de dire que le second Leuwen, qui réforme, augmente et améliore le premier, développe, après l'avoir ravivé, le délicieux souvenir de l'ancienne lecture. Mais je ne renie pas mon plaisir de jadis.

L'opinion s'est montrée parfois rigoureuse pour Jean de Mitty, qui fut le premier éditeur de *Leuwen*, vers 1894. Je veux bien que le texte qu'il nous offrit à cette époque paraisse désormais un texte regrettable, écourté, assez gravement altéré peut-être ; et je n'ignore pas que Mitty lui-même a pu donner quelque prise à de sévères jugements, qui ne se limitaient pas à cette publication, et qui le visaient en personne. Mais moi, je me trouve encore son obligé, et je me risque à n'en dire ici qu'un peu de bien. Nous nous étions rencontrés chez Stéphane Mallarmé, où il venait assez souvent le mardi. Au sortir de ces précieuses soirées, il arrivait plus d'une fois que nous descendions en causant la longue rue de Rome à demi ténébreuse, jusqu'au centre radieux de Paris, nous entretenant volontiers de Napoléon ou de Stendhal.

En ce temps-là, je lisais passionnément la *Vie d'Henri Brulard* et les *Souvenirs d'Égotisme*, que je préférais aux romans célèbres, au *Rouge*, et même à la *Chartreuse*. Les intrigues, les événements ne m'importaient pas. Je ne m'intéressais qu'au système vivant auquel tout événement se rapporte, l'organisation et les réactions de quelque homme ; en fait d'*intrigue*, son intrigue intérieure, Mitty préparait alors, accommodait, si l'on veut, le petit volume de *Lucien Leuwen*, qu'il ne manqua pas de m'envoyer, à peine publié chez Dentu. Ce livre me fit un plaisir extrême ; je fus des premiers à le lire, et je l'ai célébré un peu partout.

❖

Jusque-là, je n'avais rien lu sur l'amour qui ne m'eût excessivement ennuyé, paru absurde ou inutile. Ma jeunesse plaçait l'amour si haut et si bas, que je ne trouvais rien d'assez fort, ni d'assez vrai, ni d'assez dur, ni d'assez tendre, dans les œuvres les plus illustres. Mais, dans *Leuwen*, la délicatesse extraordinaire du dessin de la figure de *Madame du Chasteller*, l'espèce noble et profonde du sentiment chez les héros, le progrès d'un attachement qui se fait tout-puissant dans une sorte de silence ; et cet art extrême de le contenir, de le garder à l'état incertain de soi-même, tout ceci me séduisit et se fit relire. J'avais peut-être mes raisons pour être touché assez intimement par ces qualités indéfinissables ; et d'ailleurs, j'étais étonné de l'être ; car je ne souffrais pas, et je ne souffre guère encore, d'être illusionné par un ouvrage d'écriture au point de ne plus distinguer nettement mes affections propres de celles que l'artifice d'un auteur me communique. Je vois la plume et celui qui la tient. Je n'ai pas souci, je n'ai pas besoin de ses émotions. Je ne lui demande que de m'instruire de ses moyens. Mais *Lucien Leuwen* opérait en moi le miracle d'une confusion que j'abhorre…

Quant au tableau de la vie provinciale, parisienne, militaire, politique, parlementaire ou électorale, charmante caricature des premières années du règne de Louis-Philippe, comédie vive et brillante, vaudeville parfois, comme la *Chartreuse de Parme* songe parfois à l'opérette, il me donnait un divertissement tout illuminé de traits et d'idées.

Tendre et vivante fut mon impression du premier *Leuwen*. Pourquoi ne pas montrer un rien de reconnaissance à l'ombre de ce pauvre Mitty auquel je dus quelques heures charmées ? Je fus ravi, touché par ce *Leuwen* primitif et imparfait que je tenais de lui ; je ne relirai pas désormais la critiquable leçon qui fut son œuvre. Ce m'est une raison pour adresser quelques mots aimables d'adieu à ce premier texte, et à qui le publia.

À peine je viens d'écrire, (un peu plus haut), ces noms de vaudeville et d'opérette, je pressens le lecteur choqué. Il n'aime pas sans doute le mélange des castes littéraires ; Stendhal loué par Taine et par Nietzsche, Stendhal presque philosophe, étonne d'être mis si près de simples hommes d'esprit. Mais la vérité et la vie sont désordre ; les filiations et les parentés qui ne sont pas surprenantes ne sont pas réelles…

Je crois donc voir un certain chemin qui, de Stendhal par Mérimée, par le Musset de *Fantasio*, mène peut-être vers les théâtres mineurs du Second Empire, vers les princes et les conspirateurs des Meilhac et Halévy ? Et ce fil capricieux viendrait d'assez loin. (Mais sur la sphère de l'esprit tout vient de tout et va partout.)

Stendhal, amateur d'opéra-buffa, devait raffoler des petits romans de Voltaire, merveilles à jamais de promptitude, d'activité et de terrible fantaisie. Dans ses œuvres prestes et cruelles, où la satire, l'opéra, le ballet, le pamphlet, l'idéologie, se combinent à la faveur d'un mouvement infernal, fables qui firent les scandaleuses délices de la fin du règne de Louis XV, un esprit sans inertie ne peut-il considérer les élégantes aïeules des opérettes qui amusèrent sans pitié les derniers jours du règne de Napoléon III ? Je ne relis la *Princesse de Babylone, Zadig, Babouk, Candide*, sans croire entendre je ne sais quelle musique mille fois plus spirituelle, plus critique et plus diabolique que celle d'Offenbach et de ses pareils…

En somme, j'ose penser que *Ranuce-Ernest* aurait pu régner aux Variétés, et le docteur *Dupoirrier* exercer au Palais-Royal.

Beyle tenait heureusement du siècle où il naquit l'inestimable don de la vivacité. La prépotence pesante et l'ennui n'eurent jamais de plus prompt adversaire. Classiques et Romantiques, entre lesquels il se mut et étincela, irritaient sa verve précise. On l'eût amusé, (mais flatté dans le fond), de lui faire entrevoir, au travers d'une carafe magique, tout son avenir doctoral. Il eût vu dans l'eau enchantée ses formules devenir thèses, ses manies se faire préceptes, ses boutades se développer en théories, des doctrines sortir de lui, des commentaires infinis déduits de ses brèves maximes. Ses motifs favoris, *Napoléon, l'amour, l'énergie, le bonheur*, ont engendré des volumes d'exégèses. Des philosophes s'y sont mis. L'érudition a pointé ses yeux grossissants sur les moindres points de sa vie, sur ses griffonnages, sur les factures de ses fournisseurs. Une sorte d'idolâtrie, naïve et naïvement mystérieuse, vénère le nom et les reliques de ce briseur d'idoles. Suivant l'usage, ce qu'il avait de bizarreries a excité l'imitation. Tout le contraire de lui-même, de sa liberté, de son caprice, de son goût de l'opposition est né de lui. Il y a beaucoup d'imprévu dans l'opération de la gloire. La gloire est toujours mystique, même la gloire des athées.

Au diable ce Stendhal ! dit parfois l'esprit de Stendhal reparu dans quelque lecteur non conformiste.

Victime de son père, victime de gens de bien et de gens sérieux qui l'enchaînent ou qui l'ennuient, esclave assez peu esclave de ces pesants travailleurs du Conseil d'État, les piliers de l'Empire, consulteurs, rapporteurs qui devaient fournir sans relâche à la fièvre du maître, aux besoins d'une France immense et d'une situation perpétuellement critique, leur aliment de réponses, de règlements de détail, de chiffres, de décisions et de précisions, il avait connu de très près, noté, percé, raillé les sottises et les vertus des hommes en place ; observé quelquefois leur vénalité, toujours leur soif de l'avancement, leurs calculs profonds et puérils, leur futilité méticuleuse, leur goût des phrases et de l'importance, les embarras qu'ils se faisaient et qu'ils faisaient ; leur courage incroyable devant ces montagnes de dossiers, ces colonnes de nombres qui écrasent l'âme sans enrichir l'intellect, écritures infinies qui donnent au pouvoir l'illusion d'exister, de savoir, de prévoir et d'agir… Beyle oppose toujours quelque jeune homme pur et quelque homme d'esprit à ces monstres de besogne, de niaiserie, de cupidité, de sécheresse, d'hypocrisie ou d'envie, dont il a peint tant de fois les visages, les caractères et les actes. Il concevait par ses dégoûts, il s'assurait par soi-même que la véritable valeur peut être séparée des vanités, des paperasses, des mensonges, de la solennité, de l'automatisme. Il avait remarqué que ces hommes importants, si nécessairement associés à la bonne marche des affaires, sont nuls et muets devant l'imprévu. Un État qui n'a pas quelques improvisateurs en réserve est un État sans nerfs. Tout ce qui marche vite le menace. Ce qui tombe des nues l'anéantit.

On lit aisément dans Beyle qu'il eût aimé de traiter de grandes affaires en se jouant. Il crée amoureusement des hommes aux jugements nets et brefs, aux ripostes instantanées *du même ordre de durée* que les événements, aussi brusques, aussi surprenantes que les surprises, — ministres ou banquiers qui mènent, tranchent, traversent les circonstances, combinent le plaisant au profond, dosent finesse et pertinence, et dont on sent bien qu'il les habite, qu'il intrigue ou qu'il gouverne à la légère sous leurs masques, et que, d'ailleurs, il se venge en les créant de ne pas être ce qu'ils sont. Tout écrivain se récompense comme il peut de quelque injure du sort.

Chez bien des hommes de valeur, cette valeur dépend de la variété des personnages dont ils se sentent capables. Henri Beyle, capable d'un bon préfet du type 1810, n'en était pas moins un diable d'homme toujours déchaîné contre ce qu'il y a de plus respectable. Ce sceptique croyait à l'amour. Cette mauvaise tête est patriote. Ce notateur abstrait s'intéresse à la peinture, (ou s'efforce, ou fait semblant de s'y intéresser). Il a des prétentions au positif, et il se fait une mystique de la passion.

Peut-être l'accroissement de la conscience de soi, l'observation constante de soi-même conduisent-elles à se trouver, à se rendre divers ? L'esprit se multiplie entre ses possibles, se détache à chaque instant de ce qu'il vient d'être, reçoit ce qu'il vient de dire, vole à l'opposite, se réplique et attend l'effet. Je trouve à Stendhal le mouvement, le feu, les réflexes rapides, le ton rebondissant, l'honnête cynisme des Diderot et des Beaumarchais, ces comédiens admirables. Se connaître n'est que se prévoir ; se prévoir aboutit à jouer un rôle. La conscience de Beyle est un théâtre, et il y a beaucoup de l'acteur dans cet auteur. Son œuvre est pleine de mots qui visent la salle. Ses préfaces parlent au public devant le rideau, clignent de l'œil, font au lecteur des signes d'intelligence, le veulent convaincre qu'il est le moins niais dans l'auditoire, qu'il est dans le secret de la farce, que lui seul sent le fin du fin. *« Il n'y a que vous et moi »*, disent-elles.

Ceci a fait merveille pour la fortune posthume de Stendhal. Il rend son lecteur fier de l'être.

Beyle ne peut se tenir d'animer directement ses ouvrages. Il brûle d'être soi-même en scène, d'y rentrer à tout coup ; il prodigue la fausse confidence, les apartés, le monologue. Il agite en personne ses fantoches, dont il se compose une troupe sociale fort complète, où les emplois sont définis comme dans l'ancien théâtre. Il se fait des amants, des barbons, des prélats, des diplomates, des savants, des républicains, des militaires de l'ex-Garde. Ces types sont plus convenus que ceux de Balzac ; et, donc, plus dessinés. Il en voit les idées plus que la pensée, les sentiments plus que les ressorts et que la fonction dans le monde. Pour lui, Napoléon, (par exemple), est un *héros* ; il est un modèle d'énergie, d'imagination, de volonté, une grande âme pourvue d'un intellect prodigieusement net, un amant de la grandeur idéale, qui aime la puissance et la gloire d'une amour passionnée à la Stendhal. Mais Balzac voit l'organisateur et l'Empire, le Code Civil, la Révolution accomplie, consolidée, maîtrisée, la Société rétablie, la légende sortir de l'histoire, et, par la vertu populaire du mythe, envahir le domaine politique.

Beyle aperçoit de Napoléon ses traits antiques, son aspect italien, ses caractères si fortement marqués où il retrouve Rome et Florence, le César et le Condottiere. Balzac considère surtout l'Empereur des Français.

On voit que le parallèle de Balzac et de Stendhal, si l'on prenait quelque intérêt à cet exercice, pourrait se concevoir et se poursuivre assez raisonnablement. Ils opèrent l'un et l'autre sur la même époque et la même substance sociale. Ce sont deux observateurs imaginatifs du même objet…

❖

Tous les personnages de Stendhal ont ce vice ou cette vertu commune : qu'ils ne peuvent, en toute occasion, qu'ils ne manifestent, chacun suivant sa figure ou selon son état, quelque *antipathie* ou quelque *sympathie* de leur premier moteur.

L'artiste, quelquefois, semble chérir ses bêtes noires. On aime sans le savoir ce que l'on tourmente avec plaisir. Il les charge et les marque, et les perce, ou les déchire avec délices. Il y revient, il prend un goût infini à se moquer de leur bêtise, de leurs bassesses, de leurs calculs. Personne qui ne soit chez lui plus ou moins raillé ; nul qui ne trompe ou ne soit trompé ; ou les deux à la fois, ce qui est le cas ordinaire. Même ses préférés sont des victimes de leur cœur tendre, et les dupes du Beau.

On ne voit pas nettement pourquoi Stendhal ne s'est pas donné au théâtre, auquel tout le destinait. On peut rêver sur ce vide, si l'on a ce loisir. L'époque, sans doute, n'était pas encore celle où drames et comédies par Henry Beyle eussent eu chance de plaire.

Mais lui, auteur qui est un acteur intime, il se dresse une scène dans son esprit, — ou dans son âme, ou dans son cerveau, — (le mot importe peu, il ne s'agit que de désigner cette sorte de lieu-temps où se passe ce que chacun est seul à voir, — où ce que l'on y voit est peu distinct de ce qu'on veut et que l'on fait).

Sur ce tréteau privé, il donne sans relâche le spectacle de Soi-Même ; il se fait de sa vie, de sa carrière, de ses amours, de ses ambitions très diverses, une pièce perpétuelle ; joue ses gestes, articule ses répliques, ses réponses à ses impulsions, à ses naïvetés, à ses *fiascos* de divers genres.

Entre les personnages de cette moralité toujours en acte, indéfiniment représentée, ranimée incessamment par les circonstances, paraissent quelques êtres allégoriques, ou entités familières : *le Beau Idéal, le Bonheur, la Logique, l'Argent, le Style Noble...* L'ombre de Bonaparte, la silhouette du Jésuite, le fantoche du *plus fripon des Kings*, etc., viennent à tour de rôle se faire acclamer ou siffler sur le théâtre.

Il y a même une certaine *musique* de ce mimodrame. On entend quelquefois éclater dans le texte, comme des thèmes tout personnels, certaines locutions, presque des interjections, qui n'ont qu'une valeur de *signaux nerveux*, qui sonnent le ralliement de l'énergie, la résurrection du *plus cher souvenir*, le réveil de la volonté d'être encore ce que l'on fut, et de souhaiter ce que l'on souhaita...

Ce sont des formules brusques et brèves, qui rompent les chaînes de l'instant, ébranlent un jour morne, et surgissent de l'être comme des rappels aux armes ; comme si, au milieu de circonstances médiocres ou assommantes, contre l'excès d'ennui ou de mélancolie, contre la sensation d'une condition mesquine et de malheur, retentissait le timbre tout-puissant de la valeur personnelle, le cri d'alerte de l'*unique soi-même*, et presque le son clair de la trompette dont le coup de langue jadis saisissait et redressait le jeune dragon assoupi sur sa bête, quand la recrue de son régiment s'en allait à travers les Alpes rejoindre l'armée de réserve de l'an VIII[2].

Le thème de l'égoïsme égotiste sonne ainsi sous sa plume : ALORS COMME ALORS !...

Autre thème : celui des *Filets trop hauts.*

L'orgueil les tend si haut que rien de réel jamais ne s'y vient prendre. La vanité tient le tramail dans les bas-fonds et pêche çà et là toujours quelque avantage sensible.

Ces questions d'orgueil et de vanité sont essentielles quand il s'agit d'un homme qui se produit au public ; elles se mêlent curieusement au talent, l'excitent et même l'engendrent, le dépravent, ou l'orientent continuellement. Il faut donc s'y arrêter un moment à l'occasion de Stendhal et en faire quelque réflexion. Les quantités comparées de vanité ou d'orgueil qui sont impliquées dans une œuvre sont des *grandeurs caractéristiques* que les chimistes de la critique ne doivent cesser de rechercher. Elles ne sont jamais nulles.

Le moins sot des auteurs illustres, tourmenté toutefois du désir d'être lu et d'émouvoir éternellement, Stendhal, malgré tant d'esprit qu'il avait, malgré tant de plaisir qu'il trouvait à se surprendre, à se reprendre, à se réveiller de ses ridicules, à se railler (comme on se pince pour se ressaisir et se concevoir), n'a pas laissé d'être partagé entre sa grande envie de plaire et d'entrer dans la gloire, et la manie ou la volupté d'être soi-même, à soi-même, et selon soi seul, qui s'y oppose. Il sentait dans sa chair secrète l'éperon de la vanité littéraire ; mais il y sentait, un peu plus avant, l'étroite et bizarre morsure de l'orgueil absolu qui ne veut dépendre que de soi.

Nos talents nous pressent de s'employer ; la formation vive et incessante des idées enfante une étrange impatience de les produire. L'œuvre future fermente dans son auteur futur. Mais cette fureur veut vendre notre âme aux autres ; mais cette puissance, quand enfin elle s'épanche et se donne carrière, nous conduit presque toujours loin de nous-mêmes ; elle entraîne notre Moi où il ne comptait pas aller. Elle l'engage dans un monde d'exhibitions, de comparaisons, d'évaluations réciproques, où il devient, en quelque sorte, pour soi-même, un *effet de l'effet qu'il produit sur un grand nombre d'inconnus…* L'homme connu tend à ne plus être qu'une émanation de ce nombre indistinct d'inconnus, c'est-à-dire une créature de l'opinion, un monstre absurde et public auquel le vrai homme peu à peu le cède et se conforme.

Ainsi en est-il de ces bienheureux que leur humilité a fait mettre sur des autels, où l'on voit ces pauvres dorés et ces humbles encensés.

❖

Nous écoutons les tentations de nos puissances, aux dépens de ce que nous avons au cœur de plus précieux peut-être ; de ce qui est jaloux, farouche, incommunicable et qui veut l'être. Cet insulaire naïf et cet amant de la gloire, (qui ne l'est pas moins), s'arrangent enfin comme ils le peuvent d'une seule et même destinée…

Comment se tirer de cette contrariété de deux instincts capitaux de l'intelligence ? L'un nous excite à solliciter, à forcer, à séduire les esprits au hasard. L'autre, jalousement, nous rappelle à notre solitude et étrangeté, irréductibles. L'un nous pousse à paraître et l'autre nous anime à être, et à nous confirmer dans l'être. C'est un conflit entre ce qu'il y a de trop humain dans l'homme, et ce qui n'a rien d'humain et ne se sent point de semblable. Tout être fort et pur se sent autre chose encore qu'un homme, et refuse et redoute naïvement de reconnaître en soi l'un des exemplaires indéfiniment nombreux d'une espèce ou d'un type qui se répète. Dans toute personne profonde, quelque vertu cachée engendre incessamment un solitaire. Elles ressentent par instants, au contact ou au souvenir des autres êtres, une douleur particulière dont la sensation vive et brusque les perce, et les fait se resserrer aussitôt dans une île intime indéfinissable. C'est un accès réflexe d'inhumanité, d'antipathie invincible, qui peut s'avancer jusqu'à la démence, comme il advint à cet empereur qui souhaitait que toute la race des hommes n'eût qu'une tête que l'on tranchât d'un coup. Mais chez des êtres de nature moins brutale et plus intérieure, ce sentiment si énergique, cette obsession de l'homme par l'homme, peut enfanter des idées et des œuvres. La victime du mal de n'être pas unique se consume à inventer ce qui la sépare des autres. Se rendre singulière est sa manie. Et peut-être n'est-ce pas tant de se placer au-dessus de tous qui la travaille et la tourmente, que de se mettre tout à l'écart, et comme au delà de toute comparaison ? Les *grands hommes* font sourire certains hommes *incommensurables*.

Peut-être l'immense *péché*, le péché métaphysique par excellence, que les théologiens ont nommé du beau nom d'*orgueil*, a-t-il pour racine dans l'être cette irritabilité du besoin d'être unique ? Mais encore, en poussant plus avant cette réflexion, en la conduisant un peu trop loin, sans doute, sur le chemin des sentiments les plus simples, trouverait-on, au fond de l'orgueil, seulement l'horreur de la mort, car nous ne connaissons la mort seulement que par les autres qui meurent, et si nous sommes réellement leur semblable, nous mourrons aussi. Et, donc, cette horreur de la mort développe de ses ténèbres je ne sais quelle volonté forcenée d'être *non-semblable*, d'être l'indépendance même et le singulier par excellence, c'est-à-dire d'être un dieu. Refuser d'être semblable, refuser d'avoir des semblables, refuser l'être à ceux qui sont apparemment et raisonnablement nos semblables, c'est refuser d'être mortel, et vouloir aveuglément ne pas être de même essence que ces gens qui passent et fondent l'un après l'autre autour de nous. Le syllogisme qui mène Socrate à la mort plus sûrement que la ciguë, l'induction qui en forme la *majeure*, la déduction qui le conclut, éveillent une défense et une révolte obscure dont le culte de soi-même est un effet qui se déduit facilement.

Voilà où se dirige l'égotisme quand on remonte à ce qu'il peut être dans sa source. J'ai été quelque peu plus loin dans cette recherche qu'il ne convenait sans doute au sujet de Stendhal ; ce que je viens d'écrire s'adapterait mieux à Nietzsche, et serait en sa place dans la marge d'*Ecce Homo*, plutôt que dans celle d'*Henri Brulard*. Mais le plus enferme le moins, et l'éclaire. Mais le *moi* infecté ne fait qu'exagérer et rendre affreusement sensibles les secrètes dispositions et les tentations profondes qui ne manquent pas dans le *moi* à peu près normal.

Quant à l'égotisme à la Stendhal, il implique une croyance, la croyance à un *Moi-naturel*, dont la culture, la civilisation et les mœurs sont ennemies. Ce Moi-naturel nous est connu, et ne peut nous être connu que par celles de nos réactions que nous jugeons ou imaginons primitives et véritablement spontanées. Plus ces réactions nous paraissent indépendantes du milieu social, et des habitudes, ou de l'éducation qu'il nous a données, plus précieuses et authentiques sont-elles pour l'Égotiste.

Ce qui me frappe, m'amuse, et même me charme, dans cette volonté de naturel de l'Égotiste, c'est qu'elle exige et comporte nécessairement une *convention*. Pour distinguer ce qui est naturel de ce qui est conventionnel, une convention est indispensable. Comment démêler autrement ce qui est *nature* de ce qui est *culture* ? Le naturel est variable ; le spontané a des origines très diverses dans chacun. Croit-on que même l'amour ne soit pas pénétré de choses apprises, qu'il n'y ait pas de la tradition jusque dans les fureurs et les émois et les complications de sentiments et de pensées qu'il peut engendrer ? — Si même je dis que *le naturel est ce qui, dans les dispositions et les mouvements de quelqu'un, émane directement de l'organisme*, je dis par là qu'il y a autant de modes d'être naturel qu'il y a de complexions différentes, c'est-à-dire d'individus, dont chacun trouvera les actes et les paroles d'un autre fort éloignés de la nature, *qu'il trouve en soi*.

Remarque : Être *égotiste* et utiliser les œuvres d'autrui avec le sans-gêne que l'on sait, c'est là une combinaison bien faite pour étonner.

On voit bien d'ailleurs ce qu'il y a de divertissant à proclamer, à confesser la *nature* et le *naturel* comme une thèse, et dans les formes d'une théorie.

Ce système séduisant et naïf, qui se rattache à Rousseau, et qui reparaît aussi souvent que l'état civilisé fait sentir à quelqu'un des gênes et des lois plus que des avantages, enorgueillit assez ceux qui le réinventent et ceux qui les suivent. Il est à la fois une manière de morale intime, une règle de conduite dans le monde, une religion de la personnalité, un parti-pris littéraire et une conséquence de ce tempérament de comédien-né que je trouve à Stendhal, et à tous ceux qui se confessent. Rien de plus intéressant, et rien, peut-être, de plus comique ; rien de plus excitant, rien de plus ingénu que de prendre le parti d'être *soi*, ou celui d'être *vrai*. Cette simple et grande décision n'est pas rare en littérature. Les exemples abondent, car les attraits sont vifs. Un moyen court d'être *original*, (superstition voisine), et de l'être en se bornant *à être* ; l'assurance de trouver de belles facilités une fois accompli un certain coup d'audace initial ; la licence d'utiliser les moindres incidents d'une vie, les détails insignifiants qui donnent de la *vérité* ; la liberté d'employer le langage immédiat et de créer des valeurs avec des riens généralement passés sous silence dans les livres ; les charmes certains d'un éclairage de nos mœurs qui fait nettement paraître ce que l'ombre abolit et couvre d'ordinaire, voilà de grands avantages.

Le cynisme dans les œuvres signifie généralement un certain point d'ambition désespérée. Quand on ne sait plus que faire pour étonner et survivre, on se prostitue, on livre ses *pudenda*, on les offre aux regards.

Après tout, il doit être assez agréable de se donner à soi-même, et de donner aux gens, par le seul fait de se déboutonner, la sensation de découvrir l'Amérique. Tout le monde sait bien ce que l'on verra ; mais il suffit d'ébaucher le geste, tout le monde est ému. C'est la magie de la littérature.

L'Égotisme littéraire consiste finalement à jouer le rôle de *soi* ; à se faire un peu plus *nature* que nature ; un peu plus soi qu'on ne l'était quelques instants avant d'en avoir eu l'idée. Donnant à ses impulsions ou impressions un *suppôt* conscient qui, à force de différer, de s'attendre à soi-même, et surtout de *prendre des notes*, se dessine de plus en plus, et se *perfectionne* d'œuvre en œuvre *selon le progrès même de l'art de l'écrivain*, on se substitue un personnage d'invention que l'on arrive insensiblement à prendre pour modèle. Il ne faut jamais oublier que dans l'observation que nous faisons de nous, il entre infiniment d'arbitraire…

Je ne serais point étonné que Stendhal se soit fortifié dans l'égotisme par la fréquentation de quelques-uns de ces

Anglais délibérément originaux qui se voyaient alors en Italie, très occupés d'être excentriques, ayant les grands moyens de l'être : le physique, l'ennui, la froide fantaisie, les guinées, l'insolence essentielle, le prestige de leur nation qu'ils faisaient profession de scandaliser, sachant bien qu'elle ne hait pas d'être choquée. L'effet sur lui de ces milords put être assez excitant. Songez à ce qu'il a le plus haï en ce monde, à la petitesse, à l'économie, à l'absence de tout caprice, aux habitudes sottes ou sordides, à toutes les vertus anti-passionnelles, (terreur de l'opinion, terreur de la dépense, terreur d'aimer ce que l'on aime), qu'il avait observées de près, subies, blasphémées dans son enfance, qui lui avaient rendu Grenoble et toute la province française odieuses. Il abhorre les traditions, la petite ville, la vanité locale, la médiocrité infligée. Quand il y pense, il se hérisse, et se fait insulaire de l'île MOI.

On n'avait pas encore inventé cette tardive amour des petites patries, des clochers et des choses mortes, qui s'est curieusement combinée de nos jours avec un excès de nouveautés. Le culte des localités et des ancêtres n'était point encore restitué, car les chemins de fer et les effets désordonnés de l'économie moderne n'avaient point encore fait sentir à quelques-uns le besoin plus ou moins profond de racines plus ou moins réelles, et la nostalgie d'un état quasi végétal que ceux qui l'ont subi n'ont pas toujours excessivement goûté.

❖

Stendhal est un des hommes que leurs impressions d'enfance ont le plus clairement formés, armés, définitivement marqués. Il jugera toute sa vie selon les souvenirs du jeune Beyle, et ses jugements seront immédiatement fondés sur eux. Son père, sa tante Séraphie, ses grands-parents, le fantôme délicieux de sa mère, ses premiers amis, ses maîtres ne cessent point de lui servir de types, étalons de sensibilité, de méchanceté, de sottise ou d'ennui. Il leur rapporte tous les êtres qu'il rencontre par la suite. Il entre dans la maturité pourvu de tout un jeu de caractères.

❖

Un jour anniversaire de sa naissance, Henri Brulard déboutonne son pantalon. C'est pour écrire dans la ceinture : *Je viens d'avoir la cinquantaine.*

Tout amateur de Brulard a perdu quelques minutes à rêver sur cette confidence. À quoi peut-elle bien répondre ? À quoi vise cet acte peu commun ? À quoi rime l'acte second de le noter ? Beyle a-t-il véritablement passé cette écriture sur un registre si personnel ? Que s'il a purement inventé ce petit acte, à quelle fin s'adresse cette bizarre invention ? Quel lecteur à venir pense-t-il devoir être affecté par elle ? Voulait-il *faire vivant et singulier,* ou accuser la sincérité de son journal par l'intimité presque indécente de ce détail ? *Hypotheses non fingo…*

Mais à quoi riment aussi ces caprices linguistiques, ces notations si nombreuses où s'insèrent des mots anglais ou italiens de peu de mystère ?

Pourquoi écrire : Lettre *of the author of the* Cenci ? Ou bien : c'est à *forthy* (sic) *seven* que Dominique…, etc.

D'autre fois, il opère d'innocentes permutations de syllabes : les *trespres*, la *ligionre*…

J'espère de tout mon cœur qu'il ne se flattait pas d'abuser par là les curieux.

Je ne vois dans ces habitudes qu'une comédie de cryptographie. Il fait semblant d'écrire en chiffre, à peu près comme un acteur fait semblant de manger ou de boire ; et peut-être le fait-il pour se donner la sensation d'être de connivence avec soi-même, *d'être un peu plus intime avec soi-même que ne l'est avec soi-même le commun des MOI.*

Peut-être songeait-il vaguement que le langage natal, celui de la parole intérieure, lui pourrait insidieusement suggérer, par le détour de l'expression, quelque manière de sentir qui ne fût absolument sienne et indépendante de sa nation ? Le Moi libre habite Cosmopolis et pense en toutes les langues.

Il est vrai que tout homme jalousement et puissamment personnel se forge un langage secret. Il se passe dans une tête ce qui se passe dans une famille, ou dans une très petite société fermée, comme un couple d'amis ou d'amants.

Toute complicité se scelle aussitôt par l'institution d'un vocabulaire réservé. Toute entente privée s'organise aux dépens des conventions publiques. Stendhal conspire avec Stendhal sous des noms variés, (129 pseudonymes comptés par Léautaud), parfois contre Stendhal, toujours contre les sots, les importants et les insensibles.

Stendhal, inventeur du happy few, me fait songer par ce goût si marqué pour le secret dans les opinions et pour les petits cercles de mêmes sympathies et antipathies, à cette génération spontanée de groupes très étroits, très fervents, et justement excessifs, d'où sortirent toutes les nouveautés et les idées qui ont transformé deux ou trois fois notre littérature et nos arts depuis cinquante ou soixante ans. Il est, en un certain sens, l'ancêtre de cet *ésotérisme* qui se trouve à l'origine du Naturalisme, du Parnasse et du Symbolisme. L'expérience a fait voir que les *chapelles* ont du bon. Le *grand public* a droit aux produits réguliers et éprouvés de l'industrie. Mais le renouvellement de l'industrie exige de nombreux essais, d'audacieuses recherches qui ne se peuvent instituer qu'aux laboratoires, et les seuls laboratoires permettent de réaliser les températures très élevées, les réactions rarissimes, les degrés d'enthousiasmes, les analyses extrêmes sans quoi la science ni les arts n'auraient qu'un avenir trop prévu.

Les quelques traits de Beyle que je viens de rappeler sont assez précieux, étant peu explicables. Ils dépendent sans doute de théories et de manies. J'y crois distinguer un certain calcul, une spéculation sur le lecteur futur, une intention sensible de séduire par le négligé et l'impromptu apparent, lesquels impliquent *le seul à seul* dans les rapports de l'auteur et de l'inconnu à séduire…

Idéologue à sa façon, Stendhal aimait les préceptes et les principes. Il se faisait des axiomes de conduite et d'esthétique ; il prétendait au raisonnement. Il n'est pas impossible qu'il ait assez raisonné ce qui nous semble assez peu raisonnable.

Quant aux manies, elles se voient. Mais qu'est-ce qu'une manie ?

Ce qui frappe le plus dans une page de Stendhal, ce qui sur-le-champ le dénonce, attache ou irrite l'esprit, c'est le *ton*. Il possède, et d'ailleurs affecte, le ton le plus individuel qu'il soit en littérature. Ce ton est si marqué, il fait l'homme si présent, qu'il excuse aux yeux des stendhaliens : 1º les négligences, la volonté de négligence, le mépris de toutes les qualités formelles du style ; 2º divers pillages et quantité de plagiats. En toutes matières criminelles, l'essentiel pour l'accusé est de se rendre infiniment plus intéressant que ses victimes. Que nous font les victimes de Beyle ? Des biens mornes d'autrui, il refait des ouvrages qui se lisent, parce qu'il s'y mêle un certain *ton*.

❖

Et de quoi ce ton est-il fait ? Je l'ai peut-être déjà dit : Être vif à tous risques ; écrire comme on parle quand on est homme d'esprit, avec des allusions, même obscures, des coupures brusques, des bonds et des parenthèses ; écrire presque comme on se parle ; tenir l'allure d'une conversation libre et gaie ; pousser parfois jusqu'au monologue tout nu ; toujours et partout, fuir le style poétique, et faire sentir qu'on le fuit, qu'on déjoue la phrase *per se*, qui, par le rythme et l'étendue, sonnerait trop pur et trop beau, atteindrait ce genre soutenu que Stendhal raille et déteste, où il ne voit qu'affectation, attitude, arrière-pensées non désintéressées.

Mais c'est une loi de la nature que l'on ne se défende d'une affectation que par une autre.

Ce dessein, ces interdictions qu'il se prescrit se résument à faire entendre une voix réelle ; sa prétention à lui le conduit à vouloir accumuler dans une œuvre tous les symptômes les plus expressifs de la *sincérité*. Son invention en matière de style fut sans doute d'oser écrire selon son *caractère* qu'il connaissait, et même — qu'il *imitait* à merveille.

Je ne hais pas ce ton qu'il s'était fait. Il m'enchante parfois, il m'amuse toujours ; mais, au contraire de

26

l'intention de l'auteur, par l'effet de comédie que tant de sincérité et quelque peu trop de *vie* me produisent inévitablement. Je m'accuse de trouver ses intonations trois ou quatre fois trop sincères ; je perçois le projet d'être soi, d'être vrai jusqu'au faux. Le vrai que l'on favorise se change par là insensiblement sous la plume dans le vrai qui est fait pour paraître vrai. Vérité et volonté de vérité forment ensemble un instable mélange où fermente une contradiction et d'où ne manque jamais de sortir une production falsifiée.

Comment ne pas choisir le meilleur, dans ce *vrai* sur quoi l'on opère ? Comment ne pas souligner, arrondir, colorer, chercher à faire plus net, plus fort, plus troublant, plus intime, plus brutal que le modèle ? *En littérature, le vrai n'est pas concevable.* Tantôt par la simplicité, tantôt par la bizarrerie, tantôt par la précision trop poussée, tantôt par la négligence, tantôt par l'aveu de choses plus ou moins honteuses, mais toujours *choisies*, — aussi bien choisies que possible, — toujours, et par tous moyens, qu'il s'agisse de Pascal, de Diderot, de Rousseau ou de Beyle, et que la nudité qu'on nous exhibe soit d'un pécheur, d'un cynique, d'un moraliste ou d'un libertin, elle est inévitablement éclairée, colorée et fardée selon toutes les règles du théâtre mental. Nous savons bien qu'on ne se dévoile que pour quelque effet. Un grand saint le savait qui se dévêtit sur la place. Tout ce qui est contre l'usage est contre nature, implique l'effort, la conscience de l'effort, l'intention, et donc l'artifice. Une femme qui se met nue, c'est comme si elle entrait en scène.

Il y a donc deux manières de falsifier : l'une par le travail *d'embellir* ; l'autre, par l'application à *faire vrai.*

Ce dernier cas est peut-être celui qui révèle la plus pressante prétention. Il marque aussi un certain désespoir d'exciter l'intérêt public par les moyens purement littéraires. L'érotisme n'est jamais loin des véridiques.

D'ailleurs, les auteurs de *Confessions* ou de *Souvenirs* ou de *Journaux Intimes* sont invariablement les dupes de leur espoir de choquer ; et nous, dupes de ces dupes. Ce n'est jamais soi-même que l'on veut exhiber tel quel ; on sait bien qu'une personne réelle n'a pas grand'chose à nous apprendre sur ce qu'elle est. On écrit donc les aveux de quelque autre plus remarquable, plus pur, plus noir, plus vif, plus sensible, et même plus *soi* qu'il n'est permis, car le soi a des degrés. Qui se confesse ment, et fuit le véritable vrai lequel est nul, ou informe, et en général, indistinct. Mais la confidence toujours songe à la gloire, au scandale, à l'excuse, à la propagande.

Beyle jouait en soi une douzaine de personnages, le dandy, l'homme raisonneur et froid, l'amateur de beaux-arts, le soldat de 1812, l'amant de l'amour, le politique et l'historien. Il se donne à soi-même une centaine de pseudonymes, moins pour se dissimuler que pour se sentir vivre à plusieurs exemplaires. Il transporte dans sa valise, comme un acteur en tournée, ses perruques, ses barbes et ses hardes, son *Bombet,* son *Brulard,* son *Dominique,* son marchand de fers… Dans les *Mémoires d'un Touriste*, grimé en commerçant aisé qui voyage pour ses affaires, il parle comme on parle dans les voitures publiques, fait l'économiste, expose ses vues administratives, critique et refait le projet du tracé des futurs chemins de fer. Il s'amuse à se faire peur de l'espionnage de la police, soupçonne les postes, use de chiffres et de signes d'une transparence qui serait comique si ses craintes n'étaient fictives et souhaitées. Il se peuplait l'existence de son mieux ; et quelques feintes inquiétudes l'aidaient à se sentir vivre. Parfois son goût excessif des mimiques du mystère et des apparences du secret fait vaguement songer à Polichinelle…

❖

Ce tempérament, qui engendrait un scénario perpétuel, lui faisait en retour considérer toutes choses humaines sous l'aspect de la comédie. Suprêmement sensible à l'hypocrisie, il flaire à cent lieues, dans l'espace social, la simulation et la dissimulation. Sa foi dans le mensonge universel était ferme et presque constitutionnelle. Il est allé jusqu'à rechercher et à définir ce qu'il est impossible à un homme de feindre : le courage personnel et le plaisir absolu.

Cet être si *conscient* attache un prix infini au *naturel*. Cet artiste du dédoublement ne fait que peindre sans relâche des types délicieux de simplicité, des Fabrice, des Lucien, des personnes pures encore, braves, jeunes et neuves, saisies au moment qu'elles entrent dans le monde, et se meuvent d'abord ingénument au milieu d'une charade combinée.

Lui-même se feignait, se donnait sa sincérité. Qu'est-ce donc qu'être sincère ? Presque point de difficulté, s'il s'agit des rapports des individus avec les individus ; mais de soi à soi-même ? Comme je l'ai dit ici et redit, à peine la *volonté* s'en mêle, ce *vouloir-être-sincère-avec-soi* est un principe inévitable de falsification.

La sincérité extérieure est l'accord des deux faces de l'homme, l'une visible, l'autre déduite ou probable. Mais pour donner un sens à la notion de sincérité intime, il faut qu'une sorte d'opération, de division du sujet, introduise je ne sais quel observateur absolu de nos états récents presque naissants… Or cet observateur a pour fonction de *nous* apprendre que la pensée qui vient d'être, est ou non conforme à une certaine idée constante que nous avons de nous, ou devons en avoir. Cette analyse grossière suffit à rendre explicites quelques-unes des conventions qui interviennent dans l'illusion de la sincérité. Ce n'est pas tout : ces conventions elles-mêmes sont nécessairement empruntées au monde extérieur, par exemple, à la morale apprise : se juger, se blâmer est une comédie.

Comédie et convention consistent dans une certaine substitution de *ce que l'on sait à ce que l'on est,* — et l'on ne sait pas ce que l'on est.

En somme, la sincérité propre de Stendhal, comme toutes les sincérités volontaires sans exception, se confondait avec une comédie de sincérité qu'il se jouait. Être sincère revient à ignorer où à classer *hors cadres* l'observateur, juge de la partie. Stendhal mesurait par là et par son cœur la feintise des autres, et se trouvait en quelque sorte infiniment *sensibilisé* à l'égard de la *vérité* de second plan que l'on peut attribuer à toute personne ; et que toute personne offrirait à un témoin suffisamment reculé dans sa conscience réfléchie.

Presque tout ce qu'il entendait lui sonnait mensonge à l'oreille. Il traduisait les gens à livre ouvert, ou se figurait les traduire.

❖

L'époque était éminemment favorable à ce genre d'activité intellectuelle.

Jamais conjonctures plus propices à toutes les mascarades sociales. Dix régimes en cinquante ans. On avait vécu comme on avait pu sous des gouvernements de vie courte et rude, tous anxieux de sonder les cœurs, aucun ennemi de la fraude. On avait assisté aux mues et aux reprises fort brusques des personnages les plus graves, aux vives substitutions de cocardes, à la fantasmagorie de la puissance, aux sorties et aux rentrées de la légitimité, de la liberté, des aigles, de Dieu même ; à l'étonnant spectacle d'hommes égarés entre leurs serments, disputés par leurs souvenirs, leurs passions, leurs intérêts, leurs rancunes, leurs pronostics… Quelques-uns se sentaient confusément sur la tête tout un échafaud de coiffures, une perruque, une calotte, un bonnet rouge, un chapeau à plume tricolore, un chapeau à cornes, un chapeau bourgeois. Parfois surpris, parfois justifiés par l'événement ; et tantôt par le rapatriement des lys, tantôt par le retour de flamme de 1815, tantôt par la duperie de 1830, toujours suspendus à l'instant, presque dressés à se changer du soir au matin de proscripteurs en proscrits, de suspects en magistrats, de ministres en fugitifs, ils vivaient une farce plus ou moins dangereuse, et finissaient pour la plupart, dans tous les partis et sous tous les visages, par ne plus croire qu'à l'argent. Ce caractère *positif* s'accusa sous Louis-Philippe, où l'on vit enfin l'enrichissement se proposer sans vergogne et sans fard comme suprême leçon, vérité dernière, moralité définitive d'un demi-siècle d'expériences politiques et sociales. Sur les ruines des régimes, Stendhal vit s'établir le monde nouveau. Il put observer les débuts du règne de la parole et des affaires. Le système parlementaire s'essayait, système essentiellement dramatique, étroitement soumis aux lois du théâtre, tout en apostrophes, en répliques, en brusques retournements des esprits ; système fondé sur le verbe, sur l'événement émotif, sur les effets de séance et les idoles de la scène. Les partis se formaient. On assistait à l'avènement monstrueux des valeurs statistiques, des *opinions*, des moyennes, des majorités confuses et fluctuantes, pour le maniement desquelles se créait aussitôt l'art de vicier, d'infecter ces sources déjà impures du pouvoir, et d'en interpréter les oracles inconscients ; règne des mythes abstraits et leurs combats, apparitions, agitations de spectres noirs, de spectres rouges, projetés, évoqués, apprivoisés par d'habiles montreurs…

Le même temps connut l'entrée retentissante, dans l'espace politique, de la finance et de la publicité combinées. L'ère des grandes affaires était venue. L'heure sonnait d'entreprendre la vaste transformation du monde par l'industrie. Mais toutes les sciences ensemble n'y eussent point réussi sans la puissance de la parole. L'éloquence commerciale fit naître de toutes parts des vocations innombrables de « gogos ». Les campagnes d'émissions, les prospectus, les réclames irrésistibles multipliant leurs prestiges grossiers, tous les biens se mobilisent à l'appel des faiseurs et des Sociétés. La crédulité publique se développe au delà de toute espérance.

Jusque dans les Lettres, une sorte de révolution intervenue instruit les Muses aux mœurs, aux violences, au charlatanisme des luttes électorales. Il se forme des factions dans la poésie, qui prennent les façons rudes et âpres des partis politiques. On rédige des manifestes. La première d'*Hernani* est une vraie *réunion publique* avec partisans et adversaires organisés, les places et les rôles marqués d'avance.

❖

Tout ceci ne favorisait point la franchise générale. Tout le monde qui comptait mentait, exagérait, figurait. Pouvait-il en être autrement ?

C'était un temps où tous les hauts postes étaient habités de « caméléons » ; surmontés de fines « girouettes ».

On avait entendu les bouches les plus augustes mentir dans les occasions les plus sacrées. Qui sur l'épée, qui sur l'Évangile, qui sur la Charte, tous se trouvaient contraints tour à tour de sacrifier solennellement au mensonge. Les promesses de paix, de liberté, de pardon ; les assurances des Alliés, mensonges. Les bulletins de la Grande Armée, les proclamations des autorités successives, les journaux de toutes couleurs avaient menti, mentaient, devaient mentir. On mentait à la tribune, dans la chaire, à la Bourse, à l'Institut ; même la philosophie mentait, même les arts, même le style ! — Chateaubriand et le style poétique mentent. Monsieur Victor Hugo et ses amis défigurent, dilatent le vrai à chaque mot…

Ce petit tableau des fonctions du mensonge entre 1800 et 1840 pourrait être constitué par un lecteur patient au moyen de phrases exclusivement découpées dans les œuvres, les lettres, les journaux et notes de *Dominique*.

Ses soupçons, ses mépris ne se bornent pas à noter de charlatanisme toute la politique et presque toute la littérature de son temps. Les savants quelquefois ne sont pas épargnés. Il conte, je ne sais où, l'histoire vraisemblable de deux compères érudits. Ces hommes habiles conviennent de répandre qu'ils connaissent quelqu'une de ces langues impénétrables qu'il est plus aisé d'enseigner que d'entendre, étrusque ou mexicain préhistorique. Le pouvoir, trop heureux de paraître honorer les Sciences et favoriser des talents qui ne lui donnent nul souci, les comble de rubans, de pensions et de chaires.

Beyle avait gardé toutefois une révérence assez remarquable aux mathématiques. Il avait quelque peu préparé Polytechnique et apprécié les beautés de l'équation du second degré. Il avait espéré que son algèbre le tirerait de Grenoble. Il s'en tira par d'autres moyens ; mais, de sa brève préparation, il retint la précieuse et redoutable habitude d'esprit qui consiste à tenir pour identiquement nulles les « choses vagues » et du reste toutes les valeurs indémontrables qui habitent les esprits.

Je note, en passant, que l'illustre Lagrange est peut-être le seul de ses contemporains dont il ne parle jamais que dans les termes les plus respectueux.

Quant au clergé…

Le clergé, pour Stendhal, est un excitant de prédilection. Tantôt Stendhal narquois peint un évêque qui se mire, un Narcisse mitré qui s'essaie à bénir noblement et moelleusement devant une glace de sacristie ; tantôt Stendhal brutal accuse la fourbe ou bafoue la sottise dans l'ecclésiastique. Voltaire même n'a pas si crûment considéré le sacerdoce. Il ne s'est pas risqué dans le cœur même du prêtre pour y chercher ce qu'il aurait déjà trouvé, — le mensonge ou la plus niaise crédulité, que, l'un ou l'autre, Beyle y découvre toujours. Hormis le bon Blanès, abbé astrologue, libéral et sorcier, quelque peu hérétique, on ne voit de prêtre dans Beyle qui ne soit, et puisse ne pas être, un hypocrite, ou un niais[3]. Point d'exception. Point de milieu. On ne peut concevoir un troisième cas, une combinaison non défavorable, ni immorale, ni absurde, de l'homme et de l'Ordre.

❖

Le problème existe. Il y a un mystère du prêtre aux yeux de l'indifférent en matière de religion. Le problème existe, précisément lié à l'existence de ces observateurs extérieurs à la religion. L'incrédule intelligent tient nécessairement le prêtre pour une énigme, pour un monstre, mi-homme, mi-ange, dont il s'étonne, dont il sourit, dont il s'inquiète assez souvent. Il se demande : *Comment peut-on être prêtre ?*

Ce problème délicat et réel de la possibilité du prêtre vaut bien quelques réflexions.

On ne peut toucher à Stendhal que la question de la sincérité ne revienne sous quelque forme à l'esprit. Le problème du prêtre, c'est-à-dire du croyant professionnel, n'est qu'un cas particulier du problème de la croyance. La sincérité ou l'intelligence du croyant est toujours incertaine aux yeux de l'incroyant ; et la réciproque est parfois vraie.

Il est presque inconcevable à l'incrédule qu'un homme instruit, calmement attentif, capable de s'abstraire de ses désirs ou de ses craintes imprécises, (ou qui ne leur attribue de signification qu'individuelle, organique et presque morbide), capable aussi de s'entretenir nettement avec soi-même, et de bien séparer les domaines et les valeurs, ne rejette pas aux légendes et aux fables tous ces récits de bizarres événements immémoriaux ou improbables, qui sont essentiels à l'autorité de toute religion, ne s'avise de la fragilité des preuves et des raisonnements sur quoi les dogmes se fondent, ne s'étonne jusqu'à la négation, en constatant que des révélations, des avis d'importance littéralement infinie pour l'homme, lui soient offerts comme des énigmes dangereuses à la manière du Sphinx, avec de si faibles garanties et dans des formes si éloignées de celles qu'il a coutume d'exiger des choses vraies. Rien de plus difficile à attribuer sans réserves à quelqu'un de pareil à nous. Il n'y a point de doute que la foi existe ; mais on se demande avec quoi elle coexiste dans ceux chez qui elle existe. Un incrédule y voit une singularité, quoique contagieuse, estime qu'un croyant d'esprit distingué ou supérieur, un homme comme Faraday, chef de la secte des Sandemaniens, ou Pasteur, porte véritablement deux hommes en lui.

La difficulté est plus grave encore quand il s'agit de la continuité de la foi et de son action permanente. L'incrédule ne consent pas facilement que la foi sincère puisse coexister avec une conduite non irréprochable, pas plus qu'il ne conçoit qu'elle se puisse accorder avec la rigueur et la lucidité de l'esprit. Si donc il observe dans un croyant des fautes ou des vices, il sera toujours tenté d'en conclure que la foi de ce pécheur est pure simulation. Le péché du croyant *tente* en quelque sorte l'incroyant. C'est là une manière de piège que la psychologie de l'un tend à la psychologie de l'autre.

Stendhal *visse, scrisse e amó* en plein reflux religieux. Il a vu paraître le *Génie du christianisme*, et je devine quel effet ce livre si ennuyeux et d'une si grande portée put produire sur lui. Chateaubriand inaugure, par cet ouvrage, le mysticisme romantique et pittoresque dont les conséquences littéraires et même religieuses se sont développées jusqu'à nous. Mais Stendhal conserve en lui-même tout ce qu'il faut pour n'être pas séduit par ce rafraîchissement des beautés et des vertus d'émotion de la foi et du culte. Il a de fâcheux souvenirs des pieuses gens dont il vit son enfance ennuyée. Il garde une confiance remarquable à l'esprit encyclopédiste et n'a peut-être pas perdu les grands espoirs que l'on avait eus, dans la seconde moitié du XVIIIe siècle, de réduire la connaissance de l'homme à un système fini de lois précises, nettement écrites et logiquement combinables, bâti sur le modèle de ces belles et pures constructions analytiques par lesquelles les Clairaut, les d'Alembert, les Lagrange avaient représenté le monde physique tel qu'on le concevait de leur temps. Il incarne assez bien, sensualiste abstrait qu'il était, une protestation de l'an 1760 contre 1820 et ses *capucinades*.

D'ailleurs, poète de l'énergie personnelle, admirateur déclaré des actes fiers et violents de la Convention, adorateur du Bonaparte de la première manière, tout le passé ne lui imposait que fort peu. Il n'en voulait retenir que les traits individuels, les caractères des personnages excessifs et forts de soi seuls. Il avait nécessairement pour tout ce qui est traditionnel les sentiments de tous ceux qui souffrent mal que l'on ait pensé, jugé, choisi pour eux.

À des hommes de cette espèce, traditions et religions sont antipathiques par essence, et même odieuses. Ils y voient des puissances fondées sur l'*imitation*, et cette imitation renforcée au besoin, comme le marque et le conseille fort bien Pascal, par la *comédie :*

« Suivez la manière par où ils ont commencé ; c'est *en faisant tout comme s'ils croyaient*, en prenant de l'eau bénite, » etc.

(Imaginer ici le visage de Beyle lisant cette phrase, si jamais il l'a lue.)

C'est sans doute qu'en leurs cœurs endurcis, ces hommes-là ne trouvent point ce qui engage à tous les sacrifices de l'intellect et de l'amour-propre et qui ordonne le corps à la comédie, afin que peu à peu il façonne l'âme à la vérité. Ils n'ont point de perception intime de cette *substance des choses que nous devons espérer*, qui, jointe aux enseignements reçus, aux prescriptions venues du dehors, aux pratiques régulières, accomplit et édifie la religion dans un homme. Ils ne voient à l'extrême de la vie qu'un vilain quart d'heure. *Point de lendemain*, pensent-ils, et la mort ne leur représente qu'une des propriétés essentielles de la vie : celle de perdre toutes les autres.

On conçoit qu'il existe pour ces esprits ce que j'ai appelé le problème du prêtre. Stendhal, comme on l'a dit tout à l'heure, le résout sommairement. Sa structure mentale et les développements qu'elle avait nécessairement donnés à ses premières impressions, sa vivacité qui portait ses antipathies à la limite et les exprimait par une formule trop simple pour être vraie, trop claire pour s'appliquer à des hommes, lui font commettre fort aisément une grande confusion de méthodes. Il raisonne sur des prêtres qu'il s'est forgés. Il se met à leur place, il se sent nécessairement fourbe ou bien faible d'esprit. Comme il ne peut s'imaginer leur foi, il ne leur donne que de la crédulité. Comme il sait bien qu'ils ne sont pas tous niaisement crédules, il charge de mensonge, il inculpe de fraude et de simulation ceux qui ne le sont pas.

Mais c'est une erreur évidente, quoique fort répandue, que de prétendre résoudre par de purs raisonnements des problèmes dont les éléments ne se peuvent énumérer ni définir. Il n'y a que des questions de pure algèbre que l'on peut traiter en soi-même et par la tête seule. C'est à l'observation de trancher, quand il s'agit de choses réelles. Qu'il soit possible qu'il y ait des prêtres véritables et riches d'esprit, mon expérience m'en assure. J'en connais, et il me suffit. Je ne dis pas que je me l'explique ; je dis que l'opinion de Stendhal n'a tenu qu'à cet *accident* qu'il n'en a point connu qui fussent comme les miens.

❖

Voilà comme on se trompe avec le désir d'y voir clair. Cet exemple du jugement des prêtres par Stendhal conduit immédiatement à une remarque générale. La plupart de ceux qui se flattent d'être connaisseurs du cœur humain ne séparent point la clairvoyance dont ils se piquent d'une disposition défavorable à l'égard des hommes. Ils ont la lèvre amère ou ironique. Rien, il est vrai, ne donne l'air *psychologue* comme l'attitude habituelle de *déprécier*. Voir clair, c'est voir noir, selon cette convention parfois commode.

Par là, (chose délicieuse aux amateurs de combinaisons), Beyle se range à la suite des Pères et des Docteurs les moins tendres et des maîtres les plus rigoureux de la théologie morale. La forme et l'intention sont bien différentes, mais le soupçon dans le regard et le désir presque coupable de conclure au pire sont les mêmes. Le pire est la nourriture des tempéraments critiques. Le mal est leur proie. Il leur faut donc qu'il soit la règle. Un *psychologue* à la Stendhal, tout sensualiste qu'il est, a besoin de la mauvaiseté de notre nature. Que deviendraient les hommes d'esprit sans le péché originel ?

41

Balzac, plus sombre encore, assemble autour de soi, pour se faire une idée plus approfondie, et comme plus *mordue*, de la société, tous ceux que leur métier fait observateurs et chercheurs d'infamies et de choses honteuses, le confesseur, le médecin, l'avoué, le juge et l'homme de police, tous préposés à déceler, à définir, et, en quelque sorte, à administrer toute l'ordure sociale. Parfois, quand je lis Balzac, j'ai la vision *seconde*, et comme latérale, d'une vaste et vivante salle d'Opéra, tout épaules, clartés, scintillations, velours, hommes et femmes du plus beau monde, exposés ou opposés à quelque œil extra-lucide. Un noir monsieur, fort noir, fort seul, contemple, et lit les cœurs de cette foule luxueuse. Tous ces groupes dorés de lumière aux riches ombres, ces visages, ces chairs, ces pierreries, ces murmures charmants, ces sourires suspendus ne sont rien devant son regard qui opère sur la splendide assemblée et la lui transforme sans pitié en une hideuse collection de tares, de misères et de crimes secrets. Il ne voit çà et là que des maux, d'ignobles histoires ou des fautes ; il voit l'adultère, la dette, les avortements, les syphilis et les cancers, la sottise et les appétits.

Mais si profond que puisse être un pareil regard, il est, à mon gré, trop simple et systématique. Toutes les fois que nous accusons et que nous jugeons, le fond n'est pas atteint.

❖

Il faudrait faire un *Monologue de Stendhal*. Il ne serait que de phrases de lui prélevées dans toute son œuvre, et jointes. On y lirait d'un trait tous ses problèmes :

Vivre. Plaire. Être aimé. Aimer. Écrire. N'être pas dupe. Être soi, et pourtant *parvenir*. Comment se faire lire ? Et comment vivre, méprisant ou détestant tous les partis.

Où vivre ? — L'Italie est sous les princes et les prêtres. Paris est d'un affreux climat, et tout le monde calcule. Peu de passion, trop de vanités. On peut y être homme d'esprit.

Reste l'avenir. (L'illusion de la postérité lui reste.) Il faut se faire une politique de la gloire future. Dans cinquante ans, ce qui me plaît plaira. Ce qui me fait *moi* animera les esprits qui disposeront alors de la gloire définitive. Alors on méprisera ce qui est célèbre aujourd'hui. On se moquera de Maistre et de Bonald. Chateaubriand et le style poétique seront devenus impossibles. D'ailleurs on s'ennuiera. On aura les deux Chambres, et le genre républicain d'Amérique aura triomphé partout. L'hypocrisie aura changé de masque.

Il faut cependant durer, traverser un demi-siècle. Comment traverser sans périr quarante ans de romantisme pour aborder à l'éternité littéraire ? Il faut qu'une chaîne d'amateurs, une secte des *Heureux-peu-nombreux* le conduise jusqu'au temps de Taine et de Paul Bourget, jusqu'au moment que ce poète nerveux, Nietzsche, slave de langue allemande, à qui l'idée de l'énergie plaira comme un toxique, transmutera en *Bon Européen* le cosmopolite à la Stendhal.

Ce fut un être bien divertissant que ce Beyle, habité d'une grande envie de scandaliser, jointe à des ambitions plus exquises. Il manque rarement de faire observer que l'on doit se formaliser de ce qu'il dit. Il n'est pas sans y avoir assez bien réussi. Il provoque les artistes par son style, les puissances par son irrespect, les femmes par son cynisme et ses systèmes. La faconde, les opinions, le *toupet* de cet homme de tant d'esprit font songer par moments à quelqu'un de ces commis voyageurs préhistoriques qui éblouissaient, excédaient leur coin de table d'hôte, au temps des dernières diligences et des premières locomotives. Mais ce Gaudissart descendu au *Grand Hôtel de l'Europe et de l'Amour* est un original du premier ordre. Ce qu'il débite vit, vivra et fera vivre. Sa camelote étincelante et singulière excitera bien des têtes philosophiques. Des hommes graves peineront pour se rendre lestes et nets comme lui.

Henri Beyle est à mes yeux un type d'esprit bien plus qu'un homme de lettres. Il est trop particulièrement soi pour être réductible à un écrivain. C'est en quoi il plaît et déplaît, et me plaît.

J'ai vu Pierre Loüys insulter cette prose intolérable, jeter, piétiner le *Rouge et le Noir*, avec une étrange et peut-être juste fureur…

Mais Stendhal tel qu'il est, quel qu'il soit, est devenu malgré les Muses, malgré sa plume, et comme malgré soi-même, l'un des demi-dieux de nos Lettres, un maître de cette littérature abstraite et ardente, plus sèche et plus légère que toute autre, qui est caractéristique de la France. C'est un genre qui ne compte qu'avec les actes et les idées, qui dédaigne le décor, qui se moque de l'harmonie et des équilibres de la forme. Il est tout dans le trait, le ton, la formule et la flèche, il prodigue les raccourcis et les réactions vives de l'esprit. Ce genre est toujours rapide, volontiers insolent ; il semble sans âge et en quelque sorte sans matière ; il est personnel à l'extrême, directement *centré* sur l'auteur, déconcertant comme un jeu plein de ripostes, et il tient à l'écart le dogmatique et le poétique qu'il déteste identiquement.

❖

On n'en finirait plus avec Stendhal. Je ne vois pas de plus grande louange.

1. ↑ Cet essai a servi de préface à l'édition de *Lucien Leuwen* publiée dans les Œuvres Complètes de Stendhal (Champion 1926).
2. ↑ Stendhal fut dragon et non pas hussard. D'ailleurs quand il a passé les Alpes, il n'était pas encore incorporé. (Remarque de M. Arbelet.)
3. ↑ M. Paul Arbelet me fait observer que l'abbé Chélan, dans le « Rouge », et l'abbé Pirard doivent se ranger avec Blanès parmi les prêtres de

Stendhal qui ne manquent ni de foi ni d'esprit.

46